나는 고딩 아빠다

창 비
청소년
시 선
11

나는
고딩
아빠다

정덕재 시집

창비

차례

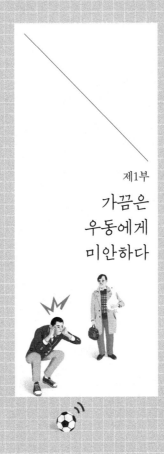

제1부

가끔은
우동에게
미안하다

손톱을 깎으며

아들의 손톱을 깎은 지
어느새 열아홉 해
한 달에 두 번가량
때 지난 신문이나
정기 구독하는 잡지를 펼쳐 놓고
아들의 손을 잡는다
어느 날은 촉촉하고
때로는 메마른 손가락을 보며
내가 손톱을 깎는 이유를
딱 한 번 말한 적이 있다

세상을 만나는 관계의 시작이
손이다
얼마나 많은 사람과 악수를 나누며
손을 잡고 걸어갈 것인가
얼마나 많은 사람의 손을 뿌리치며
돌아설 것인가
부메랑으로 돌아오는 칼날이

고통의 상처를 남길 때
첫사랑의 집을 두 바퀴째 돌면서
손을 놓지 못할 때
손톱을 깎은
아비를 생각하라고
생살을 함께 깎아 비명을 질렀던 열여섯 살
처음으로 돋보기를 쓰기 시작한
아비의 눈을 바라보던
그 표정으로
늙지 않는 정신을 생각하라고

이제 손을 놓으니
중년기를 지나는 내 손이 야위어 간다

손톱을 깎은 다음에

아들의 발톱을 깎은 지
어느새 열아홉 해
잡지 위에 떨어진
핏빛 부메랑 같은 손톱을 모으면서
나이 들어 가는 골격과
청춘의 발톱을 만진다
마디가 굵어진 발가락을 보며
내가 발톱을 깎는 이유를
딱 한 번 말한 적이 있다

세상을 딛는 최초의 접점이
발이다
얼마나 많은 세상을 디딜 것인가
얼마나 많은 것을
걷어차며 분노할 것인가
사뿐히 내려앉는 착지와
성난 발차기 사이에서 방황할 때
구멍 난 양말 사이로

때 낀 발톱이 드러날 때
닳아진 구두 밑창을 뚫고
발바닥이 아스팔트 위에 닿을 때
발톱을 깎은
아비를 생각하라고
족저근막염으로
새벽의 첫발을 고통스러워하던
아비의 아픈 근육를 보며
세상을 지탱하는 뼈대를 생각하라고

한밤중 오줌을 누러 가는
아들의 발자국 소리를 들으면
나는 무심코 발뒤꿈치 늙은 각질을 긁는다

목 놓아 외치니 사춘기가 지나더라

나는 양
엄마는 울타리
이런 동시를 쓰던 열 살 소년이
중학교 2학년이 되자
황야의 늑대가 된 듯
한밤의 보름달이 놀라
구름에 숨을 만큼
종종 긴 고함을 질렀다
아파트 5층 아줌마와 3층 아저씨는
숨은 달을 대신하라며
환하게 불을 켜 주었고
건너편 116동 4층 아저씨는
베란다에 나와
담뱃불을 붙였다
목 놓아 외치기를 반복할 때마다
신호를 보내 주던
건너편 점멸의 신호는
사춘기를 비춘

비상등이었다

지금도 어디선가
보름달 초승달 관계없이
늑대 울음이 들리면
나도
어둠을 밝히는 형광등을 켠다

개 짖는 밤 오줌을 누며

시골 고향 집에 가면
나와 아들은
종종 논둑에서 밤하늘을 보며
아랫도리를 내리고
오줌을 눈다
발목만 덩그러니 남아 있는
빈 논을
굵은 오줌발이 적시는 11월

아빠 별이 밝네
별이 아들 꼬추를 보네
꼬추가 뭐야 다 큰 청년한테

마른 풀 냄새
논둑길로 올라오고
멀리 개 짖는 소리
반가운 손님을 맞는다
오줌을 누는 동안

여기저기 집집마다
릴레이 경주처럼 이어지는
개 짖는 소리
할아버지 할머니 집에
자주 오라며
합창을 한다

술 취한 낭독자

내 잘못이다
반성과 회한의 석고대죄는 아닐지라도
머리통을 벽에 한 번쯤은 박을 일이다

술 취해 책을 읽어 주거나
동화책이 너무 길어
한꺼번에 두세 장을 넘기는 바람에
토끼 잡는 포수가
도끼질을 하고
토끼와 경주하던 거북이가
심청이와 함께 물에 빠지고
신데렐라가 유리 구두를 신고
동아줄을 잡고 하늘로 올라갔지
눈을 동그랗게 뜨고 듣다가
하품하던 녀석이
이제는 주어를 빼놓고 논술문을 쓴다

세상의 주인이 어디 있다고

문장의 주어를 찾느라고
두리번거릴 일이 아닌데도
나는
술 취한 낭독자의 잘못을
뒤늦게 반성하며
고딩이 따라 주는 술잔을 받는다

비가 온다

중학교 졸업식 이전이었는지
고등학교 입학 이후였는지
창밖을 보던 아들이 물은 적이 있다
아빠는 왜
비가 내린다고 하지 않고
비가 온다고 말을 해

내린다고 하면
내려서 그냥 흘러갈 것 같은데
온다고 하면
내 속으로 들어오는 것 같아서

그 이후부터인가
퇴근 시간이 훌쩍 지나면
아들은 종종 전화를 걸어
어디쯤 오고 있냐고 물었다

맑은 밤하늘을 휘적휘적 걷는

술에 취해 비가 내린 날
걸어오는지
집을 떠나는지
낯익은 청년의 그림자가
내 앞에서 어른거린다

봄날의 오리

앞으로 1년간
오리고기를 먹지 않을 것이다
고기를 좋아하는 아들이
폭탄선언을 한 것은
개나리가 학교 담장을 감싸 안은
고3의 봄날
야간 자습 땡땡이치고
PC방에 갔다가
선생에게 걸려
오리걸음 벌을 받고 돌아온 날
미간을 좁히며 말했다

내가 오리고기를 먹으면 아빠 아들이 아니야

열흘이 지나지 않아
훈제오리를 먹고
아들이 아닌 행세를 하느라
아비를 아비라 하지 않고

아저씨라 불렀다

시원하게 등 긁기

팬티만 입고 자는 아들의 등짝을 보면
한없이 긁고 싶다
레슬링 자유형 선수처럼 급습해
온몸을 조이고
등을 긁는다
시원하게 긁을 때는
하루 동안 자란 수염으로
부드럽게 긁을 때는
사흘째 깎지 않은 수염이 적당하다

등을 긁는 수염이
죽비라도 된다면
마당을 쓰는 늙어 가는 빗자루가 된다면
수염이나 등이나
서로가 기대는 건 마찬가지다
수염이 등에 닿는 순간
소리를 지르는 걸
나는 감격의 탄성이라 말하고

아들은 웃기는 고문이라며
낄낄거린다

야수파의 붓질

소파나 거실 바닥에 누워
머리띠를 이마에 두르고
거즈를 붙이는 것까지
고딩의 역할이다
나는 당근을 곱게 갈거나
포장된 율무 팩에 물을 섞어
적당한 점도로 반죽을 한다
꼼꼼하게 바르라는 당부를 듣는 순간
나는 야수파의 충동으로
거친 붓질을 한다

아빠
내 얼굴이 도화지야?

여드름 때문에
일주일에 한두 번
얼굴에 가면을 쓰는 고딩은
완벽한 인간을 만들지 못한

신의 잘못을 질타하거나
다윈의 진화론을 언급하며
서투른 붓질을 타박한다
나이 들어 붓을 들 줄 몰랐던 나는
얼굴에 그리는 색칠이
당황스럽다
가끔 내 얼굴이 보여
더욱 당황스럽다

수업 시간에 소설책 읽기

수업 시간에
소설책을 읽다가 들켜
벌점 3점을 받았다는 고딩은
소설의 흥미보다는
수업 중에 몰래 읽는 재미에 빠졌다
넬레 노이하우스란 작가를
잘 모른다는 말에
아빠보다 훨씬 유명한 작가라고 대꾸한다
내가 성이 명씨면
명작가가 될 텐데라는 말로 되받으며
교과서 위에
소설책을 겹쳐 놓으면
들킬 확률이 줄어들 것이라는 비법을 알려 주었다

김유정과 이효석의 소설을
삼중당 문고판으로 읽었던
삼십 몇 년 전
교과서는 든든한 배경이었다

이제는 손가락에 침을 바르기 전에
돋보기를 먼저 찾아야 할 나이
책벌레같이 굴러다니는
작은 글자들을 만지작거리면
옛날 교실 풍경이 아른거린다

1등급 대화

소고기 먹을까
글쎄 비싸잖아
내가 잘 아는 집인데 1등급 한우만 취급해
돼지고기 먹지 뭐
너 소고기 좋아하잖아
아니 삼겹살도 맛있어
소고기 사 주려고 했는데
나도 먹고는 싶지
근데 왜?
내 등급으로 무슨 1등급 한우야

소띠 해에 태어나 소고기를 좋아하는 녀석이 가장 좋은
한우를 귀하다는 부위로 두 번만 씹어도 녹는 고기를 배
터지게 먹었다

비속어 감염

초등학교 시절
공책 한 권에 그린 그림이
모두 졸라맨이었으니
졸라 맛있어
졸라 재밌어
졸라 웃겨
이런 말을 쓰기가 식상했겠지

졸라 비싸네
졸라 짜증 나
졸라 취하네
등록금 걱정에
나는 허리띠를 졸라맨다
뒤늦게 배운 말이
짝짝 입에 붙는다

가끔은 우동에게 미안하다

짜장을 먹을까
짬뽕을 먹을까 고민하면
아들은 어쩌다 가끔
우동을 주문하라고 한다

더 이상 검을 수 없는
블랙의 짜장과
알코올 냄새가 밴 땀방울을
뚝뚝 떨어트릴 수 있는
짬뽕의 욕망을
단숨에 잘라 버리는
또 다른 이름 우동

중국집에서 우동 먹는 사람을 본 적이 별로 없어
짜장 짬뽕 우동이 삼 형제일 텐데
왕따당하는 느낌이 들지 않을까

우동을 먹으며

옆 테이블 짬뽕 그릇에
자꾸만 눈이 간다
미안하다 우동아

치킨과 통닭

동네 오일장에서
튀김 닭을 사 와
소주 한잔 마시고 있으면
고딩은 거들떠보지도 않는다
통닭 좀 먹어 봐 맛있어
나는 남겨 둔 다리를 들어
식욕을 자극하지만
녀석은 곁눈질 한 번 할 뿐
침 한 방울 떨어뜨리지 않고
방으로 들어간다
방문을 닫기 전에
새어 나오는 한마디
난 치킨밖에 안 먹는데

고딩이 통닭과 치킨의 차이를
아는 날
기름이 배어 나온
시장 안 닭집 봉투의

기름때 사연을 들려줄 텐데

참으로

요원한 일이다

석고는 한번 붙여 봐야지

어쩌다 가끔
고딩을 학교 앞까지 데려다준다
비가 많이 오거나
등교 시간에 늦거나
축구하다가 다친 발목에
붕대를 감은 날에는
승용차에 태우고 학교에 간다
교문 앞 한 무리의 학생들 가운데
깁스를 하고 목발을 짚고 가는 녀석이
눈에 들어온다

아빠 저기 목발이 상훈이야
어제 축구하다 나랑 부딪혔어
다리에 석고 한번은 붙여 봐야
축구한다고 할 수 있지

차에서 내려 절뚝거리며 뛰어가더니
상훈이 어깨를 치는 고딩 놈

키득키득 걸으며
학교 안으로 들어간다
친구들은
다리에 붙은 석고 위에
메시와 호날두의 이름을 써넣으며
빈 운동장을 바라볼 것이다

짬뽕과 짜장 사이

중국집에서
내가 짬뽕을 주문하면
아들은 짜장이다
내가 짜장이면
짬뽕이다

짬뽕을 먹을 때
짜장에 젓가락을 얹어 놓고
짜장을 먹을 때는
짬뽕 국물을 함께 마신다

짜장과 짬뽕은
4반 순정이와
7반 명순이 사이에서
마음이 흔들리는
결정장애다

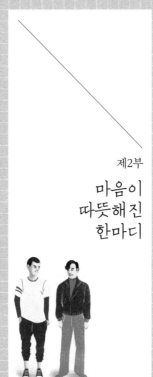

제2부

마음이
따뜻해진
한마디

편지를 받다

야간 자습을 끝내고 돌아온 아들이
아무 말 없이 건넨 건
같은 반 여학생이 나에게 보낸 편지다
봉투를 뜯으니
펜으로 눌러 쓴 글씨가 단정하다

무엇을 해야 할지 고민하는 중에 작가님의 시와 칼럼을
보았어요 우리 반 친구 아빠라서 반갑고 신기했어요 교실
을 벗어날 수 없는 상황이 안타깝지만 어쩔 수 없겠죠 대
학에 왜 가야 하는지 무슨 공부를 해야 하는지 답답한 하
루하루가 지나가고 있어요 글도 잘 쓰고 싶어요 결국엔 어
디든 대학에 가겠지만 혼란의 연속입니다……

혜련이는 얼마나 망설이며
얼굴 한 번 보지 못한 친구 아빠에게
마음을 털어놓고 싶었을까
대학이라는 낱말이 세 번
인생은 두 번 공부는 네 번

대학보다 공부가 많아 다행이다

그날 밤 나도 자정이 넘도록 공부를 했다
12시까지 술 마시는 건 쉬운데
공부는 그렇지 않다

답장을 하다

혜련 양 보아라 혜련 양에게 혜련 학생에게 어떻게 부를까 쓰고 지우기를 반복하다가 마침내 혜련 양에게라고 적었다

더위에 공부하느라 얼마나 고생이 많은가 시험이 가까워 오니 긴장이 많이 되겠구나 집안은 두루두루 평안하신가 어떻게 첫 줄을 쓸까 쓰고 지우기를 반복하다가 드디어 편지 반갑게 읽었네라고 썼다

꼰대 같은 말을 하지 않으려고 했지만 이미 꼰대가 되어버린 무명의 작가는 좋은 글은 유리창과 같다는 조지 오웰의 산문을 인용하고 말았다 잠언과 조언이 필요한 게 아니라는 걸 알았지만 답장을 한 뒤에 무릎을 쳤다 늦게나마사족을 더한다 미안하다 혜련 양

석양이 들어오는
교실 유리창이 부끄럽게 물들면
손가락으로 두드려 보렴

네 손이
곱게 물들었으면 좋겠구나

마음이 따뜻해진 한마디

우리 집 고딩 놈 학교에서 교지 편집위원들이 작가의 세계가 궁금하다며 인터뷰 요청을 해 왔다 토요일 오후 동네 제과점에서 만나기로 했다 들어서자마자 멋있게 손을 흔들려고 횡단보도를 건널 때 몇 차례 손 흔드는 연습을 했다 미리 받아 본 질문지에는 작가가 되고 싶었던 이유와 글을 잘 쓰기 위해서는 어떻게 해야 하냐는 내용이 적혀 있었다 제과점에 앉아 있는 사람들 가운데 교복을 입은 학생은 단 한 명뿐이었다 단발머리에 약간의 볼 화장을 한 듯 홍조가 예쁜 아이였다 분 발랐니라는 말이 튀어나올 뻔했다 인터뷰를 끝내고 나오면서 왜 교복을 입고 왔냐고 물어보니

쉽게 찾으실 것 같아서요

교실에서 참새와 사흘 동안

　　교실에 참새 둥지가 마련된 것은 봄날이었지 횡단보도를 건너던 상민이가 길에서 허우적거리는 참새를 데리고 교실에 들어오자 친구들이 우르르 모여들었지 아이들은 작은 바구니에 종이를 찢어 편안한 둥지를 마련해 줬지 점심시간에는 계란을 사 와 흰자와 노른자를 섞어 숟가락에 올려놓으면 참새는 부리를 서너 번 움직이곤 했지 우는 소리가 교실의 웃음소리로 채워 놓은 사흘 동안 7반 아이들은 참새의 날갯짓에 관심이 많았지 나흘째 되는 날 날개는 움직이지 않았고 그 이후 교실은 정적의 공간으로 바뀌었지

　　고3 교실에서
　　웃음이 많았던 날은
　　참새와 함께 지낸
　　사흘뿐이다

빛의 속도

그렇게 뛰어 봐야
빛을 따라가지 못하니
세상에 진 빛이 무엇인지
찾아보는 게 더 현명할 것이다

교문 앞에서
걸음이 빨라지는 아이들을 보며
나는 이렇게 주절거린다

빛보다 빠른 속도로
교문을 통과해 적발되지 않는 게
지금 이 순간 가장 진리다

손가락을 까딱거리며 학생들을 세우는
선생의 뒤편으로
고딩의 넋두리가
담장 위에서 줄을 타듯 춤을 춘다

시옷

낭만의 장미 터널도 아니고
빛이 보이는 어둠의 터널을 지나는 것도 아니다
항상 시옷으로 시작하는
교문 위 입시 결과 현수막은
CCTV 같은 감시자다

서울대
성적
순위
소외
서러움

눈부시고
가슴 벅찬
시속 300킬로미터로 날아오는
사랑은
교문 위에서 나부낄 수 없을까

엉덩이와 공

고3 여름 방학 때
젊은 선수 영입 대상으로 꼽혀
고딩 녀석이 동네 조기 축구회에 가입했다
세탁소 문구점 정육점 철물점 가운데
철물점 아저씨의 수비 능력이 제일 뛰어나고
배 속에 공 하나 들어 있는
정육점 아저씨
뛰는 걸음은 뒤뚱뒤뚱
배는 쿨럭쿨럭
오랫동안 호흡을 맞춰서
팀 분위기는 좋단다
고3 여름 방학을
조기 축구회 아저씨와 보낸 수험생이
흥건한 목소리를 내뱉는다

내가 공처럼 튀었으면 좋을 텐데
아빠 내 엉덩이 좀 세게 차 줘

18세

초등학교 2학년 겨울 방학
10대가 되던 1월 1일
아들은 연필을 꾹꾹 눌러
비장한 일기의 첫 줄을 시작했다

나는 드디어 10대가 됐다
9대와는 달라질 것이다

고등학교 2학년 해가 바뀐 첫날
고딩 놈은 나직한 목소리로
들릴 듯 말 듯
입으로 일기를 썼다

나는 드디어 18세가 됐다
씨팔

둘 다 땡땡이

고등학교 2학년 때부터
아르바이트를 시작한 아들 친구 상민이는
3학년에 올라간 뒤
돼지갈비 식당으로 자리를 옮겼다

제가 고기를 잘 자르거든요
옆집 미용실 아줌마도 갈빗집 단골됐어요
저도 그 집에서 머리를 자르죠

야간 자습을 견디지 못하고
아들은 수시로 땡땡이를 쳤다
담임 선생이 걱정하며 전화를 걸어온 날
사람이 되고 싶은 달밤의 늑대를 말리지 말라고 했다

밤에는 별도 보고
달도 봐야지
교실에만 있으면 별 볼 일 없잖아

수화기 너머 스타크래프트 전사들이
별도 달도 없는 PC방에서 격렬하게 싸운다
갈빗집을 조퇴한 상민이가
땡땡이를 응원하는 중이다

폼 잡고 삭발

3학년에 올라가기 열흘 전
삭발을 하고
후드티 모자를 쓰고 들어온 표정은
폼이 그럴듯한 PC 게임 속 전사를 닮았구나

2월이 짧다 하여
너의 머리카락도 짧아졌구나
이제 큰절하고
먼 길을 떠나거라

짧은 밤송이의
감촉이 좋아
새벽 3시에 일어나
고딩 놈의 머리통을 쓰다듬는다

가시가 박히는 아픔이
좁은 지문 위에서
뱅그르르

돌고 돈다

가방은 대체로 비어 있다

책상 위에 던져진 노트에는
기록한 흔적도 없고
책은 대체로 깨끗하다
어느 날 가방에는
축구화와 운동복만 들어 있다

학교 가는데 벚꽃 한 잎이 하늘에 떠 있었어
자세히 보니 거미줄에 걸린 벚꽃이야
야자 끝나고 걸어올 땐 별이 밝아서
운동장에서 한참 동안 하늘을 보고 와

꽃잎에 물든
별빛 담는
맑은 눈동자
담을 게 많아서
가방은 대체로 비어 있다

아저씨 화법

세탁소 간다는 녀석에게
우리 때는
마당을 쓸고 다니는 통바지가 대세라고 말하면

현관문을 닫으며
화답인지 대꾸인지
우리는
바지통이 종아리에 걸리는 게 유행이라고 말하지

이제 종아리 걷으라는 말이 통하지 않으니
바지통의 넓이도 좁아질 수밖에

아빠 우리 때는 말이야
이렇게 시작하면 아저씨라는 거 몰라

뒤통수가 가렵다
몹시
꼰대라는 말을 하고 싶었겠지

옥상에서 겨울잠

고등학교 3학년에 올라가기 전
2월의 봄 방학에
아들은 친구 여섯 명과 함께
논산에 있는 상범이 할머니 집에 놀러 갔다
전기장판을 옥상에 올리고
1층에서 전원을 연결해
열아홉 살 어둠보다 더 깜깜한 녀석들이
밤하늘을 보고 누웠다

순정이가 예쁘냐
정순이가 예쁘지
대학에 갈 수 있을까
무슨 과에 가지
순정이가 더 예쁘지
정순이는 키가 크잖아

늦겨울 밤을 이불 삼아
잠이 든 상범이네 할머니 옥상에

별빛이 내려와
토닥토닥
누군가에게는
정순이의 꿈을
누군가에게는
순정이의 꿈을 그려 주었다

눈물의 호우주의보

울다가 웃으면
똥구멍에 털 난다는 농담을 건네도
눈물은 멈추지 않았다
이장희의 노래처럼
그녀의 불 꺼진 창에서
희미한 두 사람의 그림자를
보고 온 것은 아닐까
상상력 부족의
청소년 관람 불가 영화를 떠올리는 것으로
아들의 마음을 헤아린다
닫힌 방문 틈으로
눈물이 새어 나오는 밤
수능 시험을 끝내는 날까지
집안은 여러 차례
집중호우로 침수됐다

눈물을 닦은
손등이 불어 터지면

때가 잘 벗겨질 것이라는 말을
나는 상황 파악도 하지 못한 채
실없이 던지곤 했다

재활용품 감상평

우리 집 고딩 놈은 매주 일요일 저녁마다 재활용품을 내놓는다 가족 구성원으로 거의 유일하게 책임을 갖고 하는 집안일이다 플라스틱 유리병 알루미늄 캔이 들어 있는 재활용품 전용 가방을 들고 슬리퍼를 질질 끈다 8월 둘째 주에 집에서 나온 것은 소주병 두 개와 맥주 캔 일곱 개 분리수거함을 보며 재활용품 담당자가 여름을 감상한다

날씨가 더우니까 사람들이 맥주를 많이 마시네 국산 맥주보다 수입 맥주 캔이 많은 걸 보면 만 원에 네 개씩 주는 편의점 할인 이벤트 덕분일 거야 새로 생긴 피자집 상자가 세 개나 되는 건 전단지 홍보를 많이 해서 그렇겠지 미용실 옆집 피자 가게와 피 튀기는 경쟁을 하겠네

고딩에게 십 년도 더 된 교과서를 버리지 않는 이유가 궁금해 물어봤다 너무 깨끗해 버리기가 아까워 그렇다며 슬리퍼를 쓰레빠처럼 끌고 들어간다

제3부

여름에
자는
겨울잠

벽

도배지를 붙인
내장재가
합판이 아니라
석고보드라는 사실을 안 것은
벽을 친 고딩 놈 주먹 덕분이다
화를 참지 못하거나
불같은 화가 솟아오르거나
마음을 어쩌지 못할 때
단단한 벽은
금세 마음의 문을 열어 준다

벽에 구멍이 나면
가슴에
시원한 바람이 들어온다
구멍은
마음의 환기구다

산책길 졸음

계룡산 자락 무상사에서는
외국에서 온 불자들이 수행을 한다
산책을 하며
벽안(碧眼)의 수도승들은 무엇을 할까
혼잣말로 중얼거리면
벽 안에 갇혀 있는 건
나랑 똑같네
마지못해 뒤따라오던
고3의 수행자가
염불 같은 농담을 중얼거린다

깊은 한숨 소리
처마 밑 풍경을 두드리고
졸린 풍경 소리
새벽을 깨우지 못한다

여름에 자는 겨울잠

밤 11시 지나 잠들어
다음 날 낮 12시 넘어
방에서 나온다
텔레비전 컴퓨터 냉장고
가전제품 가져간다는 트럭의 확성기 소리에
잠이 깼다며
고딩 녀석이 창밖을 바라본다

아저씨
저도 가져가세요
겨울잠 길게 잘 수 있는
냉장고 안으로 들어가고 싶어요

자도
자도
잠이 오는
열아홉의 어둠에
깜박깜박 점멸등 같은

냉장고 불빛이 스미는 날
기지개를 켤 수 있을까

깨진 유리창을 보다

거실 소파를 걷어차다가
발등에 금이 가
목발을 짚고 다니던 때가 있었지
화를 다스리지 못해
벽을 때려
손에 붕대를 감고 다니던 때도 있었지
5년 전에 깨진 유리창은
커튼에 가리워진 채
지금도 베란다 바람을 불러들이고 있지

가끔씩
커튼을 들추며
금이 간 표정을 쳐다보는 걸 알고 있지
퍼즐처럼 맞춰진다면
세상살이가 쉽겠지만
파편은 늘 숨어 있거나
박혀 있어
온순한 표정을

쉽게 드러내지 않지

오줌보 터지기 직전까지 잠

학교에 가지 않는 날에는
열다섯 시간가량 누워 있다
고3은 눕기의 달인이다
발가락을 꼼지락거려
리모컨을 가져오고
쓰레기통 근처로
휴지를 던지고
손이 닿는 곳에는
물병과 과자와
빵이 포진해 있고
오줌보가 터지기 직전까지
누워 있으니
천장 위 하늘이 궁금하다며
베란다 창문을 열던 녀석

오줌이 한 말은 나오는 듯
끊이지 않는 물줄기가
거실에 메아리치는

일요일 오후

이별 연습

너와의 인연은 올해가 마지막이다 수능 시험을 100일 앞
두고 굳은 결의에 찬 표정으로 의자를 바라보며 고딩은 이
별을 예고하지만 의자와 엉덩이는 쉽게 이별할 수 없는 법
이다

아들아
빈 의자의 외로움을 깨달을 때
의자에 기대어
지나온 자리를 떠올리거라
관절이 고장 나 의자에 앉을 때
고단한 삶을 지탱하는
의자의 다리를 생각하거라
어디로 갈지 몰라 방황할 때
앉아 있을 의자를 찾아보거라
의자가 든든한 의지가 될 수 있는 법
책상 없는 의자에 앉아
세상의 책상을 찾아보거라

양배추와 행주

아들은 행주 삶은 물을 1년 동안 마셨다
여드름 치료에 도움이 된다며
온갖 표정을 구겨 가며
물을 마셨다
아침에 한 잔 밤에 한 잔
사춘기의 상징이라는 말에
두 눈을 가자미처럼 뜨고
또 한 잔을 마셨다

양배추 달인 물을 처음 마신 날
아들은 잘 말리지 않은 행주 냄새가 난다며
행주수라 명명했다
베란다를 보며
웃는 날은
빨랫줄에 행주가 널려 있다
햇볕 좋은 날
아들은 빨래가 잘 마르도록 뒤집어 준다

새벽 3시의 거실

밤 11시에 들어와
새벽 2시에 알람을 맞춘다
내가 할 수 있는 것은
수아레스가 왜 이적을 했는지
메시가 영국에서 뛴다면
호날두가 심심하겠다는 농담을 던지는 일이다
축구공에 이끼가 끼지 않는 이유는
구르는 돌에 이끼가 끼지 않는 이유와 같다는
싸늘한 말을 던지면
전반전이 끝난 뒤
아들은 잠이 든다

새벽 3시가 지나면
선수 교체의 용병술을 보인
리버풀 감독이 포효를 하며
거실에서 잠든 아들을 깨운다
세 시간 후에는
축구를 맘대로 하지 못하는

빈 운동장을 지나
교실에 들어가야 한다

젖은 김밥과 마른 김밥

아들과 함께 김밥천국에 가 본 적이 없다
분식집에서 김밥을 먹어 본 적이 없다
남은 반찬을 모두 넣은 창조적인
집안의 김밥도 먹지 않는다
소풍날에도 김밥을 가져가지 않았다

김이 젖어 있으면 불쌍해
물에서 젖어 나온 김이
끝까지 젖어 있다고 생각하면 불쌍하잖아

편의점 삼각김밥은
김에 대한 깍듯한 예우다
끝까지 젖지 않은 삼각김밥은
컵라면과 함께 야간 자습의 고단함을 달래는
밤의 위안이다

축구공은 무죄

학교에 한번 다녀가라는 선생님의 말을 들은 뒤 찾은 곳은 동네 인삼 가게다 선물용으로 좋다는 제품의 가격이 너무 비싸 비타500 음료수 두 박스를 들고 학교에 가다가 다시 집으로 돌아왔다

아버님 점심시간에 축구를 하면 땀이 많이 나서 자제를 시키거든요 땀 냄새가 많이 나면 수업 분위기에 방해될 수 있으니까요 그런데 교무실에 와서 공을 달라고 큰소리를 쳐서 선생님들이 놀랐어요

내가 공을 멀리 찰 수 있는 힘이 있다면 교무실 유리창을 깨고 싶었다 방범 카메라가 없는 곳에서 돌을 던져 유리창을 깨고 도망칠까 궁리를 했다

학교에서 돌아온 고딩이 냉장고에서 비타500을 꺼냈다 맛있다며 한 병 더 마셨다

포카리스웨트 마시는 법

축구를 하고
포카리스웨트 큰 병을 사서
다섯 명이 나눠 먹는다
숙련된 중국집 웨이터가
뒷짐을 지고
코가 긴 주전자에 담긴 녹차를
컵에 따르는 것처럼
웃통을 벗은 고딩들의 입안에
직각에 가까운 포물선이 떨어진다

병에 입을 대지 않고 음료수를 마시려면
오랫동안 친구들과 운동을 해 보면 돼

세탁기에 들어가는
체육복의 이름이 자주 바뀐다
어떤 날은 상범이
어떤 날은 재혁이
어떤 날은 용민이

빌려주고 빌려 받는 사이에
땀은 섞인다
나이 오십 넘은 고딩 아빠가
친구들과 섞는 것은 폭탄주뿐이다

여름 선풍기

아침 6시
거실에서
선풍기가 돌아간다
좁쌀만 한 땀방울이 맺혀 있는
이마를 식히지 못해
미풍을 약풍으로 올리자
강풍 버튼을 눌러 달란다

아빠
밤새 포켓몬이 쫓아왔어

아홉 살 포켓몬스터 만화 시절로 돌아가고 싶은
열아홉의 나이는
강풍의 바람개비 앞에
얼굴을 들이대며
꿈을 날려 버린다
등교 시간 15분 전이다

가을 선풍기

방 한쪽에 놓여 있는 철 지난 선풍기
목을 길게 뺀 채로 바닥을 굽어보고 있다
지친 여름을 견뎌 낸 어깨 위로
옷들이 하나둘 쌓인다
교복 윗도리
셔츠
운동복
일주일째 입은 교복 바지를 걸어 놓은 날에는
날개를 돌리고 싶은
가을 선풍기
바람에 날린 독백이
메아리친다

나는 날개를 접었고
너는 날개가 꺾였구나

준비만 3년째

시험 기간에는
시험 얘기를 하지 않고
영화 얘기를 한다
밀린 시사IN 잡지를 본다
기말고사 보는 날에는
책을 한 페이지도 넘기지 않는다
컨디션을 조절해야 한다며
침대와 소파를
징검다리처럼 건너며
베개 두 개를 머리에 대고
베개 한 개를 종아리 아래에 놓고
천장에 바짝 붙어 있는 전등을 본다

시험 기간에는 평소 실력이 중요하다며
공부를 하지 않고
시험이 끝나면 쉬어야 한다는
우리 집 고딩은
3년 내내 마음과 몸을 조절하는 훈련만 했다

더불어 나도 화를 다스리는 수행 중이다

앨범을 들추며

우리 집 고딩이 재혁이와 함께 중학교 시절 앨범을 들추
며 나누는 얘기가 거실까지 들린다

상환이가 미영이 좋아하는 거 맞지?
심증은 가는데 물증이 없어서
분명히 미영이한테 말하는 거 봤다니까
같은 반인데 말하는 게 뭐가 이상해?
그냥 말이 아니라 엄청난 말이라고
뭐라고 했는데?
미영이가 책상에 엎드려 자는데 상환이가 의미심장한
말을 했어
무슨 말을 했는데?
너 그렇게 자면 입 돌아가 수건 깔고 자

고딩 두 명은 상환이 성대모사까지 하며 낄낄거린다 입
이 돌아간다는 말에 달콤한 키스의 상상이 들어 있다는 걸
아는 듯

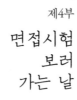

제4부

면접시험
보러
가는 날

시간차 공격

아빠
치킨하고 맥주 있어
빨리 들어와

중학교 3학년 시절
용돈이 생각날 때면
전화를 걸어
미끼를 던지곤 했지

아들아
치킨하고 맥주 사 왔어
빨리 들어와

수능 시험을 일주일 앞둔 가을날
시원한 맥주 한잔 마시면 좋겠다는
고딩 전화에
술상을 봐 놓곤 했지

그래, 인생은
역전과 반전의
시간차 공격이지

채우니 비우더라

소주를 얼마나 마시면 취하냐는
질문에
답을 하지 못했다

고등학교 졸업 후 30년 만에 만난 친구와
술잔을 기울일 때는 딱 한 병 마셨고
고등학교 졸업 후 30년 만에 만난 친구가
어깨에 힘이 들어가 있을 때는 두 잔 마셨고
고등학교 졸업 후 30년 동안 200번 이상
술을 마신 친구와는 소주 두 병을 넘긴다

열아홉 아들과 앉아
술잔을 부딪치며
얼마나 마시면 취하냐는 질문에
답을 하지 못하고
나는 계속 술을 따라 주었다
채워 주니
계속 비우는 청춘의 술잔 위로

며칠 전 세상을 떠난
30년 넘게 만났던 고등학교 친구의
얼굴이 찰랑거린다

구멍가게에 가는 이유

집 앞 구멍가게는
30대 부부가 아침 8시부터
밤 11시까지 문을 열어 놓는다
아침에는 남편이 가게를 열고
밤에는 부인이 자물쇠를 잠근다

집 앞 편의점에는
19살 학생이 밤을 지키고
새벽에는 20대 청년이 불을 밝힌다
주인 얼굴을 아는 이는 많지 않다

집 앞 대형 마트에는
아줌마 네 명이 계산대를 지킨다
수시로 깜짝 바겐세일을 하지만
깜짝 놀라지 않는다

우리 집 고딩은
주인도 모르는 가게에 가기 싫다며

열 번 중에 일곱 번은 구멍가게로 간다
구멍가게 여섯 살 아들이 양파깡을 즐겨 먹는다고 한다

가습기 살균제

얼마나 오랫동안
안방을 떠돌았는지 알 수 없다
우리 집은
번거로워서 두세 번
혹은 대여섯 번 쓰다가
방구석에 먼지를 뒤집어쓴 채
그대로 버려졌을 뿐
십수 년 동안
철우네
연상이네
기석이네
안방과 거실에 향기롭게 머물던
가습기 살균제

비밀의 라벤더 향이
죽음의 향기인 줄 알지 못했던
아들은
살아남은 살균제 세대다

10년째 청소 중

과거에 집착하는 습관이 있는 줄 알았다
수집벽이 있어 골동품 가게나
고고학과에 가면 좋겠다는 생각을 한 적도 있다
고3에 올라가면서 책상 서랍을 정리할 때
초등학교 시절에 만든 색종이 인형이 나왔다
겨울에도 반팔 옷이 나오는 일이 다반사
침대 밑에는 잘 뭉쳐 놓은 양말이
공처럼 굴러다닌다
옷 무게를 견디지 못한 의자가
종종 신음 소리를 내며 삐그덕거리면
철 지난 체육복과
가격표를 떼지 않은 셔츠가
함께 어울려
옷 냄새인지 땀 냄새인지
분간하기 힘들다
방 안에는
초중고의 생애가 공존한다
10년 넘게 청소는 끝나지 않는다

눈 오는 날

겨울 방학을 사흘 앞두고
눈이 내린다
등교 시간 10분 전
고딩이 베란다에 나와
창밖을 바라본다

눈을 보면 「나홀로 집」에 나오는 케빈이 생각나 크리스
마스 때마다 나오는 영화 있잖아 모자란 도둑이 케빈한테
당하니까 이렇게 말하잖아 너 잡히면 꼬추를 튀겨 줄 거야
너무 웃긴 대사 아냐 하루 종일 눈이 왔으면 좋겠다

물어보지도 않았는데도
혼자서 주절거리는 게
눈 오는 날의 낭만 때문인 줄 알았는데
겨울날에 젖은 감성 때문인 줄 알았는데
돌아오는 밤길이 환해서 좋겠구나
이런 말을 해 주려고 했는데
팬티 속에 손을 넣고

사타구니를 긁으며
하는 말은

눈 많이 오면 야간 자습 안 해

핏빛 면도하기

아버지가 나에게 처음 사 준 면도기는
일제 산요
내가 아들에게 사 준 면도기는
일제 파나소닉
지금 나는 비누 거품을 묻히고
도루코 면도기로 수염을 깎는다
수시로
핏방울이 세면대 위로 떨어지는 날은
허겁지겁 서두르다가
칼날의 살기를 잊는 날이다
화장지 조각을 턱 밑에 붙이고
욕실에서 나온 무명작가는
고딩 책상에 있는
『저녁 무렵에 면도하기』라는
하루키의 산문집을
뒤집는 것으로
삼십 년 넘은 면도 경력을 추스른다
하루키는

산요를 쓸까 파나소닉을 쓸까
면도날을 갈까 궁금해서
고3보다
더 허둥거리는 아침이다

비빔밥

2학년에 올라간 3월 초
등굣길 준비물이라며
계란을 화장지로 포장해 통에 담는다
오늘 점심은 비빔밥
콩나물 시금치는 빼놓고 먹을 녀석들이
교실에 둘러앉아 밥을 먹는다

선생님은 함께 어울려 지내라며
비빔밥 이벤트를 생각했다
섞여서
섞여서
어우러지는
참기름 냄새 가득한 교실

이거 이래 봬도 유정란이야
너는 맨날 정란이만 좋아하니
낄낄낄 웃는 녀석들
곁에 있던 유정이가

정란이를 힐끗 쳐다보자
붉어지는 얼굴
교실은 더욱 환하게
밝아졌다

미장원과 이발소

고딩 녀석이
머리를 깎고 온 날은
하루 종일 투덜거린다
1년 동안 미장원을
서너 군데 옮겨 다녀도
맘에 드는 곳이 없단다
이발소에 가 보라고 하면
어이없다는 표정을 짓는다
녀석이 이발소를 가지 않는 것은
고개를 숙이고 머리를 감는
이발소 세면대에서
하수구 냄새가 난다는 이유에서다
미장원과 이발소의 가장 큰 차이는
머리를 감을 때
고개를 숙이느냐
편안하게 눕느냐 자세의 차이다
동네 이발소 아저씨가 들으면
서운하겠다고 말했더니

괴이한 일화가 있다며 들려줬다

　신채호 선생께서 일제 치하에서는 고개를 숙일 수 없다
며 서서 세수를 했다는 얘기가 전해지잖아 단재 선생이 이
발소에 가서도 하수구 냄새 때문에 고개를 빳빳이 들고 머
리를 감았다는 거야 그래서 이발사가 당황했다는 얘기가
이발업계에 전해 온다지 아마도 히히히

감나무의 표정

푸른 하늘을 배경으로
잘 익은 감 하나
얼굴을 붉히면
까치 한 마리 빈 가지에 앉아
물끄러미 바라본다
잎이 떠난 자리에
까치가 앉아
가지를 흔드는 동안
떨어질 듯
떨어질 듯
매달려 있는 감이
기분 좋은 그네를 탄다
고개 들어 쳐다보는
열아홉 아이와 눈빛을 마주친다

수능 시험 끝내고
오랜만에 온 고딩을 보며
감나무와 까치가

붉은 가지를 명랑하게 흔든다

친구들

들은 복수의 뜻을 나타내는 접미사다
부사어나 연결어미 등에 붙는 보조사다
내가 주목하는 것은
자립성이 없기 때문에
앞말과 붙여 쓴다는 점이다

붙어서 힘을 발휘하고
제 역할을 하는 게
들이다
친구들로 시작하는 고딩의
PC방 삼겹살 편의점 풀빵트럭
축구 얘기는 항상 반갑다

친구들과 PC방에서 게임을 했다
친구들이 컵라면과 김밥을 사 줬다
친구들도 함께 땡땡이를 쳤다
친구들은 칭찬을 해 줬다
친구들이 세상을 견디는 힘이다

동행

가끔은
친구와 함께 학교에 걸어간다
어쩌다 가끔은
친구와 함께 집으로 걸어온다
종종
친구와 함께 PC방에 간다
어쩌다 가끔은
친구와 함께 시험공부를 한다
그리고
친구와 함께 걸어간 길을
혼자서 걸어온다

함께 걸었던 길을
잊지 않으면
혼자 걸어도 동행이다

면접시험 보러 가는 날

앞이 잘 보이지 않는 안개는
대입 면접 날에 잘 어울리는 날씨다
안개 시정 거리 10미터
바짝 마른 나무가
반투명의 자화상으로 서 있다
나무 주위 몇 바퀴 돌다
낙엽을 힘껏 걷어차며
긴 한숨을 동력 삼아
시험장에 들어가는
청춘의 뒷덜미

늙어 가는 아비는
끊은 담배가 아쉬워
대학 캠퍼스 운동장을
맴돌며
맴돌다
긴 화답으로 가늘게 숨을 뱉는다
바람에 흔들리는

마른 은행잎 하나
아등바등
매달려 있다

영국에서 축구 구경

수능 시험 끝나고 친구와 둘이 여행을 간다
머리털 나고 처음으로 해외에 가는 녀석이
내가 챙겨 준 컵라면과 햇반은 가져가지 않고
바바리코트 우아하게 입고 집을 나선다
바바리가 아니라
버버리라고 교정을 하며
옷깃을 세운다
인천공항에서
비행기 사진 한 장 찍어 보내고
사흘 뒤
실버데일 커피 잔에 담긴 홍차를 마시고
닷새 뒤
기타 치는 거리의 악사를 보며 어깨를 들썩거리고
열흘 뒤
손흥민이 뛰고 있는
토트넘의 축구 경기를 현장에서 본다며
메시의 현란한 드리블처럼
심장 안에 있는 축구공이

마구마구 뛴다고 흥분한다

보름 뒤
할머니 청국장을 먹고 싶다는
휴대폰 문자 메시지가
먼 바다를 헤엄쳐 왔다

가불 청년

고딩이 대학에 입학한 후
가불하는 횟수가 잦아졌다
매주 월요일마다 용돈을 받는 아들이
금요일이나 토요일에
만 원 혹은 삼만 원을 가불해 달라며
전화나 문자를 보낸다
송금을 할 수는 없으니
직접 받아 가라는 말에
지하철 시내버스 갈아타고
허름한 술집 골목을
기웃거린다

만 원을 줄까
이만 원을 줄까 고민하다가
청춘을 저당 잡히지 말라는
잔소리를 늘어놓는다
술 취한 아비가
가불 청년에게

만 원짜리 몇 장으로
허세를 부리는 동안
엄마에게는 비밀이라고
우리는 눈빛으로 강조하고
확인한다

2014년 4월 16일

그날 밤
서너 병의 소주에도 취하지 않고
현관문을 밀고 들어갔더니
불 꺼진 거실에
텔레비전만 켜져 있다
소파에 물끄러미 앉아 있는
고딩의 얼굴이 창백하다
손을 잡고
한참 동안 앉아 있었다
우리는 아무 말도 하지 못했고
흐르는 눈물을 닦느라
손을 놓았다
마르지 않는 눈물의 기억을
평생 안고 살아야 할
1997년생들
죽은 자의 고통을
산 자가 풀어야 할 운명의 세대다

내 고딩 시절이 아빠의 시가 될 줄 몰랐다

정현우 시인의 아들

아빠는 나에게 불량 식품 같은 느낌이다. 맛있지만 자극적이고 몸에는 안 좋은 그런 느낌 말이다. 어렸을 때 처음으로 집에서 배달 음식을 시켜 먹거나 쌀쌀한 축구장에서 함께 컵라면을 먹을 때 그랬다. 집에 들어올 때 아빠가 치킨이나 피자 같은 음식을 사 올 때도 그랬고 노상 방뇨를 하던 아빠를 보고 따라 했을 때도 그랬다. 처음 술잔을 부딪쳤을 때, 그리고 최근에 엄마 몰래 아빠에게 용돈을 받을 때 또한 그랬다. 어린 시절, 일에 바쁘고 술에 취해 늦게 들어오는 바람에 자주 보지 못했던 아빠는 가끔씩 불량 식품처럼 다가와 내 기억 속에 남았다. 거기에는 불량 식품의 중독성도 함께 포함되어 있다.

내 주변 대학 동기나 고등학교 동창을 보면 학교 때문에 몸이 멀어지거나 아니면 그냥 스무 살이 넘었다는 이유로 부모님과 서먹서먹해지고 연락이 뜸해지는 경우를 종종 볼 수 있다. 하지만 우리 부자지간은 조금 다른 것 같다. 나만의 생각인지는 모르겠지만 서로 나이를 먹어 갈수록 관계의 친밀도가 상승 곡선을 그리고 있다. 그 이유는 이 시집에 수록된 시들이 알려 주고 있다. 시집에는 내 고딩 시기에 있었던 크고 작은 사건들이, 그리고 이를 바라보는 아빠의 생각이 담겨 있다. 시를 읽다 보면 그 시절의 일들이 떠올라 피식 웃음이 나온다. 등하교할 때 아빠 차에서 나눴던 시시콜콜한 대화들도 새록새록 떠오른다. 시에는 나와 아빠의 이야기뿐만 아니라 내 주변 친구들의 이야기까지 등장한다.

내가 중학교 3학년, 열여섯 살 때인 2012년 아빠의 첫 시집 『비데의 꿈은 분수다』가 나왔다. 그즈음에 나는 시를 좋아하는 편이었다. 예상했을 수도 있겠지만, 고딩의 문턱에 있던 열여섯 살짜리 학생은 시가 짧아서 좋았다. 졸면서 읽다 보면 앞 내용을 까먹는 소설에 비해 짧아서 후루룩 읽을 수 있는 시가 당연히 좋을 수밖에 없었다. 국어 시간에 시를 쓰라는 숙제가 가장 쉬웠고 만만했다.

어떤 시인은 자신을 키운 것은 '8할이 바람'이라고 잘 알 수 없는 말을 했다. 내가 보낸 중고등학교 생활의 8할은 축구였다. 지금도 축구를 좋아하지만 그때는 공부보다 축구에 중점을 둔 학생이었다. 그렇다고 축구 선수로 뛴 것은 아니다. 그냥 우르르 몰려다니는 동네 축구를 조금 벗어난 수준이었다.

아침에 책가방에 챙겨 넣는 건 책이 아니라 체육복과 축구

화였고 사물함에 들어 있는 건 문제집이 아니라 세안용품과 여분의 속옷과 양말이었다. 고등학교 1학년과 2학년 때에는 프로축구가 열리는 경기장을 자주 찾았다. 대전월드컵경기장을 홈구장으로 이용하는 대전시티즌의 홈경기는 거의 대부분 본 것으로 기억한다. 스포츠 기자들이 원고를 쓰는 곳에서 자원봉사활동을 하기도 했다.

일반 관중석이 아닌 프레스석에서 축구를 보니 경기가 달라보였다. 공을 중심으로 움직이는 선수와 수비를 염두에 두면서자리를 잡는 선수, 소리를 고래고래 지르며 팀의 수비 라인을지휘하는 골키퍼의 모습이 한눈에 들어왔다. 경기장 밖의 상황은 재미있었다. 뒤로 돌아선 채 선수들이 아니라 관람객들을바라보는 안전 요원들을 볼 때마다 그 사람들의 속마음이 궁금하기도 했다. 경기를 보고 싶은 마음을 어떻게 참을 수 있는지,아마도 면접시험을 볼 때 축구에 전혀 관심이 없는 사람을 우선순위로 뽑았을지도 모른다.

축구에 대한 나의 관심과 행동은 이 시집에 자주 나온다. 아빠가 나의 고등학교 생활을 시로 썼듯이 나도 축구 얘기를 블로그에 몇 차례 쓰기도 했다. 지금은 찢어 버려 없어졌지만 한동안 축구 칼럼을 쓰는 노트를 만들어 스포츠 글쓰기에 집중한적도 있다.

학교에서는 축구를 하고 집에서는 프리미어리그 경기 중계를 보다 보니 금방 3학년이 됐다. 고등학교 생활이 1년 남았고 나도 남들처럼 고3 수험생으로 학교를 다녔다. 정말 공부를 해 보겠다는 생각이었는지 아니면 주변에 축구할 친구들이 사라져 할 수 없이 수능 공부를 했는지 잘 기억은 나지 않지만 공부 아닌 공부 같은 걸 조금은 했다.

그러다가 지난해(2016) 대학에 입학했다. 축구만큼은 아니지만 시를 좋아하는 줄 알았던 문예창작과 학생은 그게 아니었다는 사실을 점점 깨닫고 있다. 시가 짧다고 해서 좋은 것은 아니었다. 그 짧은 시에 한자가 많이 섞여 있는 줄도 몰랐고 처음 보는 우리말도 많았다. 시인들의 머릿속은 무엇으로 가득 차 있는지 허무맹랑한 소리만 늘어놓는 것으로 보였다. 시 한 편을 쓰라고 하면 10분도 안 돼서 후딱 써내던 어린 고딩은 불과 1~2년 사이에 며칠째 시 한 줄을 못 써내는 대학생이 되었다.

수업 시간에는 햄버거 두 개를 쌓아 올린 것보다 두꺼워 보이는 전공책을 베고 엎드려 이 책이 과연 총알을 막을 수 있을까, 이런 생각이나 하고 있는, 시가 더 이상 짧아서 좋고 재밌는 게 아니라 지루한 과제가 되어 버린 나에게 아빠의 시는 다행히 쉬워서 가깝게 다가왔다.

아빠의 첫 시집 『비데의 꿈은 분수다』가 나온 지 벌써 5년이 지났다. 처음 시집을 낸다고 했을 때 아빠의 부탁으로 뒤표지에 글을 몇 줄 썼다. 독서실에서 끙끙대며 여섯 줄인가 일곱 줄 정도의 짧은 글을 쓰면서, 아빠의 시 중에는 더러운 시도 있다고 썼던 기억이 난다.

나는 그때 아빠의 '시'를 처음 제대로 접해 봤다. 그냥 재밌게 술술 넘겼던 시가 있었고 무슨 내용인지 몰라서 두세 번 눈썹을 긁적이며 읽었던 시도 있었다. 지금은 어떤 내용의 시가 수록되었는지 제대로 기억이 나지 않는다. 하지만 어떤 느낌의 시로 구성된 시집인지는 생각이 난다.

첫 시집이라고 열심히 준비하던 아빠의 모습이 생각나지만 조금 미안하게도 처음에 읽었을 때는 '이것도 시인가'라고 생각했을 정도로 다소 허무했다. 약간은 장난을 치는 듯한 느낌도 들어서 이 정도라면 나도 쓸 수 있겠다 생각했다. 이제 와 짧은 전공 지식을 활용해 말을 한다면 언어유희가 많았고 인위적인 수사가 드물어 쉽게 읽히는 장점이 있었다.

하지만 장난처럼 느껴졌던 아빠의 첫 시집을 읽고 나서야 우리 집 책장에 많은 시집이 꽂혀 있다는 것을 알게 되었고 국어책에 수록된 시들만 시가 아니라는 것도 깨닫게 되었다. 아빠의 첫 시집은 시라는 것에 대한 고정관념을 깨 준 시집이었고 내가 태어나서 처음 제대로 읽은 시집이기도 했다.

별것 아닌 소재로 재밌고 흥미롭게, 그것도 산문이 아닌 압축과 상징으로 표현되는 시로 써냈다는 거 자체가 좋았다. 문예창작과에 입학한 대학생임에도 불구하고 글 한 편 써 보라고 하면 쩔쩔매고, 내 이야기가 담긴 시집의 발문도 힘겹게 쓰고 있는 모습을 보면서 글쓰기의 어려움을 다시 한번 생각했다.

아빠의 두 번째 시집인 『새벽안개를 파는 편의점』(2015)은 첫 시집만큼 꼼꼼하게 읽지는 않았다. 편의점에 갈 때 가끔씩 제목이 생각나기는 한다. 재미있는 시들이 많았던 것은 첫 번째 시집과 크게 다르지 않았다.

이번에 펴내는 아빠의 세 번째 시집은 한 달 넘게 여러 번 읽었다. 내가 긴 발문을 써야 하기 때문에 어쩔 수 없는 일이기도 했다. 이 시집에 실린 시는 전체적으로 마음에 드는 편이다. 팔이 안으로 굽는다는 부자지간을 전제로 하는 말이다.

「봄날의 오리」를 보면 내 고등학교 1학년 시절 땡땡이치던 모습이 머릿속에 바로 그려진다. 당시에는 땡땡이를 칠 때의 두근거림과 걸렸을 때의 후회가 크게 마음에 남았다. 이제 와서 그 일이 그냥 웃으며 넘길 수 있는, 마냥 재밌기만 한 사건처럼 느껴지는 것은 시의 힘 때문인 것도 같고 내 기억 속 과거가 미화되었기 때문인 것도 같다. 「수업 시간에 소설책 읽기」에 나오는, '타우누스 시리즈'로 유명한 독일 추리소설 작가 넬레 노이하우스(Nele Neuhaus)는 오랜만에 다시 들어 보는 작가다. 고등학교 야자 시간에 소설책 한 페이지 읽고 복도에서 감시하는 선생님 눈치 보고 또 한 페이지 읽고 다시 눈치 보기를 반복했던 내 모습이 떠올라 웃음이 나왔다. 이제 와 생각해 보면 어차피 공부하기 싫어하는 학생이 소설책 읽는 것도 나쁘지는 않았을 텐데 그걸 왜 금지시켰나 싶다.

「축구공은 무죄」를 읽으면서도 느낀 것이지만 고등학교 다닐 때 참 답답한 선생님들이 있었다. 졸업 후 재수하는 동기들과 후배들의 수능 시험을 응원하러 갔을 때 내가 답답하게 느꼈던 선생님들을 다시 만난 적이 있다. 정말 반가워서인지 아니면 반가운 척하는 것인지 알 수 없는 인사로 나를 대했을 때, 속이 좀 울렁거렸던 기억도 있다.

「둘 다 땡땡이」와 「가방은 대체로 비어 있다」는 내 고등학생 시절을 압축해서 보여 주고 있다. 나는 유독 야간 자습을 견디기 힘들어했다. 학교에 밤 10시까지 남아 있는 것은 너무 가혹했다. 시에 나오는, 나와 다른 고등학교에 다니지만 야간 자습을 하지 않고 그 시간에 아르바이트를 했던 내 친구는 요즘도 가끔 술을 한잔하면서 그때 이야기를 한다. 야간 자습을 빼먹으며 생산적인 일을 한 것도 아니고 그냥 PC방에 가거나 집 앞 초등학교 운동장에서 맥주 한 캔씩 마시곤 했는데 그때가 하루에서 가장 행복한 시간이었다. 그 시절로 돌아가고 싶지는 않지만 하루의 그 달콤한 잠깐의 시간대를 다시 한번 느껴 보고 싶은 마음은 있다.

아빠는 내 빈 가방에 대해서 자주 얘기를 했었다. 가벼워서 좋겠다고 말을 했는데 그때는 정말로 좋겠다는 건지, 놀리는 건지 잘 몰랐다. 그런데 시를 읽고 나서 마음이 말랑말랑해지는 느낌이 드는 것만 봐도 충분한 답이 된 것 같다.

시를 읽으면 그때가 생각나고 친구들을 비롯해 주변 인물들이 언급될 때마다 잊고 있던 상황들이 다시 떠올라 좋았다. 「영국에서 축구 구경」과 「가불 청년」은 고딩의 억압에서 벗어나 있는 최근의 내 모습이다. 「가불 청년」에 나오는 이야기가 일상인 나는 이 시를 마냥 재밌게 읽을 수만은 없다. "청춘을 저당 잡히지 말라"라는 시 구절을 씁쓸한 느낌으로 받아들일 수밖에 없다. 청년 세대들의 불안과 도서관에 가면 공무원 수험서만 보이는 상황이 남의 일만은 아니기 때문이다. 도서관 앞에는 현수막이 많이 걸려 있다. '토익 ○○점 상승', '○○시험 합격', '취업 자격증 안내' 등의 내용이 대부분이다. 이것이 현실이라지만 현실감각이 없는 나는 고개를 갸우뚱거리면서 학교 앞 술집으로 간다. 아직 나는 2,900원짜리 계란찜 하나를 놓고 소주를 마시며 즐거워하는 청년이다.

　나에게 이 시집은 타임캡슐 같다. 한 편 한 편 읽을 때마다 추억에 잠길 수 있다. 행복했지만 슬프기도 했던 과거를 회상할 수 있다. 마지막 시를 읽고 덮은 시집의 끝에는 현재 나의 모습이 보인다. 전공책을 보며 총알의 위력이나 생각하고 베개로 사용할 궁리나 하는, 시를 많이 어려워하는 문예창작과 학생인 나에게 이 시집은 지루하지 않아 술술 읽히는, 짧아서 좋은, 재밌는 시집이었다. 발문의 원고료를 준다는 것도 처음 알았다. 원고료를 받으면 시의 소재로 등장한 친구들에게 술을 사 줘야겠다.

시인의 말

1

아들이 고등학교에 들어가면서 내가 할 수 있는 일은 무엇이 있을까 생각했다. 졸린 눈을 비비는 녀석을 차에 태워 교문 앞에 내려 주는 건 귀찮은 일이었다. 물론 특별히 내색은 하지 않았다. 어쩌다 가끔 교문 앞에서 별을 세다가, 정전이 된 교실에서 아이들이 우르르 나오기를 바라곤 했다. 학교에서 돌아오는 녀석에게 초딩 수준의 부질없는 상상을 들려줬더니, 아들은 그런 생각을 자주 하면 현실이 될 거라며 내 어깨를 두드려 주었다.

2

어릴 적 장기판 앞에 마주 앉기를 몇 번, 운동장에서 공 뺏기놀이를 몇 번, 술에 취해 치킨 한 봉지 들고 가기를 여러 번, 그

래도 가장 꾸준히 한 것은 소파에 누워 녀석을 두 다리로 받들
어 브라질과 이탈리아 그리고 프리미어리그가 있는 영국에 가
는 비행기 놀이였다. 세 나라의 공통점은 축구를 잘하는 나라
라는 점이다. 녀석의 축구 사랑은 졸업 때까지 이어졌지만 비
행기 놀이는 중도에 멈췄다. "아빠, 이제는 다리 부러져." 내 키
를 훌쩍 넘어선 고2 여름쯤이었던가, 이 말 한마디와 함께 비행
기는 더 이상 뜨지 못했다.

3

녀석을 지켜본 경험과 아들이 들려준 이야기를 시로 옮겼다.
이 시에 등장하는 소재와 이야기의 대부분은 아들의 생활과 실
제로 관련된 것들이다. 녀석은 학교에 다니며 끝이 보이지 않
는 긴 터널을 생각했다. 친구들과 축구공을 차며 탄력을 잃은
공의 운명을 측은하게 바라보기도 했다. 빈 가방이 무거웠던
것은 짊어지고 가야 할 인생의 짐이 많았기 때문이다.

나는 녀석의 생활을 바라보며 자주 길을 생각했다. 이정표
없는 인생의 길과 길 밖의 인생을 그려 보았다. 비슷한 세대들
이 만들어 낼 세상의 아름다움 혹은 비극적인 미래를 떠올렸지
만, 그 또한 무기력한 상상이었다.

4

시집을 묶을 즈음에 관계를 생각했다. 시에 등장하는 혈연의

부자 관계가 아니라 시적 화자가 바라보는 대상과의 관계를 돌아봤다. 화자의 시선에 따라 대상은 가슴에 안기기도 하고, 저 멀리 풍경으로 놓여 있기도 한다. 이 시집은 아버지의 아들이 아니라 시인의 아들로 살아가기를 바라는 지극히 사적인 선물이다. 선물이라는 게 때로는 받은 사람이 다른 이에게 몰래 주는 경우도 있고 형편에 따라 중고 매장에 내놓기도 한다. 이 시집이 누군가의 손을 타고 여기저기 돌아다녀 읽히기를 바란다는 뜻이다. 어쭙잖은 바람이다.

시집의 첫 교정본을 받아 보고 얼마 지나지 않아 청소년시선 편집위원인 김이구 선생의 부음을 들었다. 조언과 격려로 게으름을 깨워 준 분이다. 앞으로도 시를 쓰거나 또 다른 책을 준비할 때, 이 고마운 이름이 종종 떠오를 것 같다.

2018년, 여러 날 가운데 등이 서늘한 어느 하루
정덕재

창비청소년시선 11

나는 고딩 아빠다

초판 1쇄 발행 • 2018년 3월 5일
초판 3쇄 발행 • 2024년 5월 28일

지은이 • 정덕재
펴낸이 • 김종곤
책임편집 • 설민환·정편집실
펴낸곳 • (주)창비교육
등록 • 2014년 6월 20일 제2014-000183호
주소 • 04004 서울특별시 마포구 월드컵로12길 7
전화 • 1833-7247
팩스 • 영업 070-4838-4938 / 편집 02-6949-0953
홈페이지 • www.changbiedu.com
전자우편 • contents@changbi.com

ⓒ 정덕재 2018
ISBN 979-11-86367-85-8 44810